La mochila

Jennifer Degenhardt

For José. I hope you know how much you inspire me to write. Thank you.

ÍNDICE

AGRADECIMIENTOS

Having a manuscript edited is an act of trust. I am so grateful to José Salazar, not only for fixing errors in language and syntax, but even more so for knowing me and the stories that I want to tell. *Mil gracias*.

Thank you, too, to Katherine Archambault, the student whose artwork graces this cover. With just a short description she was able to create a work so inviting and enticing. I'm grateful for your skills and vision.

Capítulo 1
Oscar

Me llamo Oscar Rodríguez. Tengo treinta (30) años. No soy alto y no soy bajo. No soy gordo tampoco, pero soy muy fuerte. Tengo ojos cafés y pelo negro.

Vivo en Dodge City, Kansas. Originalmente soy de Medellín, Colombia. Ahora vivo en los Estados Unidos por las oportunidades económicas que hay aquí.

En Medellín tengo mucha familia. Tengo a mis padres, mis dos hermanos y mi hermana. Mi madre se llama Lupe y mi padre se llama Román. Mi madre tiene cincuenta (50) años y mi padre tiene cincuenta y cinco (55) años. Mis hermanos se llaman Carlos y Javier y mi hermana se llama Catarina. Carlos tiene veinte y dos (22) años, Javier tiene diez y ocho (18) años y Catarina tiene quince (15) años.

Ahora vivo con mis primos en Dodge City. Mis primos son los hijos de mi tío, Roberto. Él

is the brother of my father My two cousins &

es el hermano de mi padre. Mis dos primos y

I have a company we paint houses The

yo tenemos una compañía. Pintamos casas. La

company name is

compañía se llama Rodríguez Painting.

we paint many houses in the town It's

Pintamos muchas casas en el pueblo. Es

good

bueno.

My cousins are from also One

Mis primos son de Medellín también. Un

cousin name is He is younger He has

primo se llama Miguel. Él es menor. Tiene

20 & 4 years He's also short He

veinte y cuatro (24) años. También es bajo. Él

Paint the parts short of the houses The other

pinta las partes bajas de las casas. El otro

cousin name is is older He has

primo se llama Luis. Luis es mayor. Tiene

30 & one years He is tall & Paint the

treinta y un (31) años. Él es alto y pinta las

parts tall I am the owner of the company and

partes altas. Yo soy el dueño de la compañía y

also paint houses & I am in charge of the

también pinto casas y me encargo[1] de los

contracts

contratos.

When I don't work I like to see the soccer &

Cuando no trabajo, me gusta ver el fútbol y

I like cycling The sports are very

me gusta el ciclismo. Los deportes son muy

popular in I play the soccer on

populares en Colombia. Juego al fútbol los

Sundays with my cousins & other peoples

domingos con mis primos y otras personas.

Also I watch a lot of soccer on the

También miro mucho fútbol en la televisión.

I don't have bicycle in the stats United but

No tengo bicicleta en los Estados Unidos, pero

I watch the cycling On the also

miro el ciclismo en la televisión también.

---

[1] I am in charge of

I like the life in the Stays United y I

Me gusta la vida en los Estados Unidos y me

like the life in   The two countries are

gusta la vida en Colombia. Los dos países son

different

diferentes.

Capítulo 2
Michelle

Me llamo Michelle y tengo treinta y cuatro (34) años. Tengo pelo rubio y ojos verdes. Soy baja, pero soy muy fuerte. Me gusta ir al gimnasio.

No vivo con mis padres y mi hermana. Ellos viven en Reno, Nevada. Toda mi familia vive en Reno. Yo vivo en Las Cruces, Nuevo México. Vivo con mi esposo, Marcos. Él tiene cuarenta (40) años. Él es de México originalmente. Marcos es el jefe de un restaurante mexicano en Las Cruces. A Marcos le gusta la comida y le gusta cocinar.

Yo trabajo también. Trabajo para FedEx. Llevo paquetes y cartas de Las Cruces a muchas partes de Nuevo México y otros estados. Me gusta manejar. Escucho música en la camioneta y escucho audiolibros.

Yo no tengo hijos, pero Marcos tiene dos hijas de su primer matrimonio. Ellas viven en Ascensión en el estado de Chihuahua, México con la madre de Marcos. La hija mayor tiene trece (13) años y la hija menor tiene once (11) años. Las hijas quieren vivir en los Estados Unidos. Ellas quieren estudiar en las escuelas en Las Cruces.

Me gusta mi vida con Marcos y me gusta visitar Ascensión. Pero quiero vivir como familia, con mi esposo y sus hijas.

Capítulo 3
Oscar

Dodge City no es muy grande. Tiene 27.000 personas, más o menos. Pero, me gusta vivir aquí. Las personas de Kansas son muy simpáticas y trabajan mucho. La industria principal aquí es el empaque de carne[2].

En el pueblo hay muchos lugares: supermercados, farmacias, museos, una biblioteca y muchas escuelas. Y todos los veranos hay un festival. No hay mucha acción en Dodge City, pero me gusta.

Mis primos y yo vivimos en una casa gris. No es una casa moderna. Es una casa vieja. Tiene tres dormitorios. También, tiene garaje para la camioneta. El alquiler[3] de la casa es bajo.

Tenemos una camioneta para trabajar. En la camioneta tenemos todos los materiales para

---

[2] meatpacking

[3] the rent

6

el trabajo. Nosotros trabajamos seis días de la semana. Trabajamos todos los días, excepto los domingos. Descansamos los domingos.

Todas las mañanas mis primos y yo vamos a un restaurante para tomar café. El restaurante se llama Wyatt Earp Coffee. En el restaurante hablamos con Charlie. Es un amigo. Charlie trabaja en el restaurante.

«Buenos días amigos», Charlie dice en español.

«Hola, Charlie», le digo. «¿Cómo estás?»

«Estoy bien, gracias», dice Charlie. A Charlie le gusta practicar el español.

Charlie nos sirve tres cafés.

«Aquí tienen».

«Gracias, Charlie».

«Oscar, ¿necesitas otra camioneta para el trabajo?», Charlie pregunta.

«Sí. Tenemos muchas casas para pintar y sólo una camioneta», le digo.

Charlie dice «Mi hermano tiene una

camioneta. Quiere venderla».

«¿Oh sí? ¿Por cuánto? ¿Dónde está? Me gustaría ver la camioneta», digo a Charlie.

«El problema es que vive en San Antonio, Texas», dice Charlie.

«¿Cuánto quiere por la camioneta?» le pregunto.

«La vende por sólo mil dólares», Charlie dice.

«Es buen precio. Y sí, necesitamos otra camioneta», le digo a Charlie.

«Necesitas ir a San Antonio. ¿Es posible?», dice Charlie.

«Sí. Voy a ir en dos días. El jueves. Gracias, Charlie».

«No hay problema», dice Charlie.

Hablo con Luis y Miguel sobre el viaje a San Antonio.

«Voy en autobús», les digo. «Ustedes necesitan trabajar. Cuando regrese[4], vamos a tener otra camioneta».

---

[4] I return

8

Nosotros estamos contentos. Tenemos mucho trabajo, pero necesitamos otra camioneta. Es un buen plan.

Handwritten annotations (English glosses): We are happy. We have many jobs but we need another truck. It's a good plan.

Capítulo 4
Michelle

It's Tuesday I need to drive to

Es martes, necesito manejar a San Antonio.

It's a trip long of 8 hours There are packages

Es un viaje largo de ocho horas. Hay paquetes

special   I need to take to   In

especiales que necesito llevar a El Alamo en

San Antonio.

is a place important with many

El Alamo es un lugar importante con mucha

history   was part of

historia de Texas. Antes, Texas era parte de

but   the peoples   wanted their

México, pero las personas querían su

Independence there was a battle big in

independencia. Hubo[5] una batalla grande en El

in   That battle   was   important

Alamo en 1836. Esa batalla fue[6] importante

for the   the peoples of

para los Tejanos, las personas de Texas.

Now   is a   park   national

Ahora El Alamo es un parque nacional.

Many   people   visit the park   to see the

Muchas personas visitan el parque para ver la

missionary the missionary has a museum a chapel

misión. La misión tiene un museo, una capilla

a church small s of course a store It's a

(una iglesia pequeña) y claro, una tienda. Es un

place very   for the tourists in

lugar muy popular para los turistas en San

Antonio.

---

[5] there was

[6] was

Esa mañana Marcos y yo nos preparamos para trabajar.

«Marcos, necesito ir a San Antonio hoy. Voy a regresar mañana», le digo.

«Está bien, Michelle. ¿Tienes un buen libro para escuchar?», me pregunta.

«Sí. Claro. ¿Vas a hablar con Deisy y Laura esta noche?», le pregunto.

«Sí. Y con mi mamá. Necesito hablarle sobre los documentos».

«Está bien, Marcos. Suerte. Hasta mañana».

Le doy un beso a mi esposo y salgo para San Antonio.

Mi esposo Marcos es una persona buena. Trabaja mucho en un restaurante. Usa el dinero de su trabajo para sus hijas y su madre en Ascensión. Marcos y yo visitamos a su familia mucho. El viaje es sólo dos horas y media. Pero es difícil cuando regresamos a Nuevo México. Sus hijas, Deisy y Laura, quieren regresar con nosotros, pero no es

posible. Esa es una conversación normal
cuando salimos:

«Papi, ¿cuándo vamos a vivir contigo y con
Michelle?», pregunta Laura. Ella es la mayor.
«Sí, Papi. Queremos vivir con ustedes»,
dice Deisy.
«Pronto, mis hijas. Pronto», dice Marcos.

Es una situación difícil para Marcos y para
mí. Queremos vivir como familia en una misma
casa.

Capítulo 5
Oscar

Es jueves. Luis, Miguel y yo estamos en la camioneta. Vamos a la estación de autobuses en Central Avenue en Dodge City.

«¿Listo, Oscar?», me pregunta Miguel.

«Sí. Tengo ropa, mi teléfono, dinero y mi tarjeta de residencia», les digo.

La tarjeta de residencia es muy importante. Después de vivir en los Estados Unidos por diez años, finalmente tengo documentos oficiales. Soy residente permanente.

«Bueno. Suerte. Hasta el sábado», me dice Luis.

Entro en la estación y busco el autobús.

No tengo mucho en mi mochila roja: dos camisetas, calzoncillos y medias. Y claro, un cepillo de dientes. El viaje a San Antonio no es

largo, no como el viaje que hice[7] a los Estados
Unidos. Yo viajé[8] con la misma mochila roja
hace diez años.

La mochila fue importante para mí durante
el viaje a los Estados Unidos. Y ahora es mucho
más importante porque tiene mi teléfono,
dinero y mi tarjeta de residencia.

Entro en el autobús.

Me siento al lado de un muchacho. Él es
joven con pelo castaño y ojos cafés. Lleva
uniforme militar.

«Hola», me dice. «Me llamo Dave».
«Hola», le digo. «Mucho gusto. Soy Oscar.
¿Vas a San Antonio?»
«Sí. Mi familia vive allí. ¿Y tú?», pregunta
Dave.
«Sí, voy a San Antonio también. Voy a
comprar una camioneta», le digo.
«Es lejos para ir a comprar una camioneta,

---

[7] I made

[8] I traveled

¿no?», me pregunta Dave.

«Sí. Pero la están vendiendo[9] a buen precio».

Dave me hace otra pregunta, «¿Eres de Dodge City?»

«No», le digo con una sonrisa. «Soy de Colombia originalmente. Vivo en Dodge City por diez años».

«Oh. ¿Colombia? ¿Qué parte?», pregunta Dave.

Dave me dice que tiene un amigo de Colombia. «Es de Medellín», me dice.

«Soy de Medellín también», le digo.

Por muchas horas Dave y yo hablamos. Hablo mucho de Medellín y él habla de San Antonio.

Medellín es una ciudad grande y linda. El clima es templado. No hace frío y no hace mucho calor. También es una ciudad moderna

---

[9] selling

con universidades, industria y festivales.

«A mí me gusta mucho Medellín», le digo a Dave.

«¿Qué te gusta más de la ciudad?», me pregunta.

«En Medellín hay muchos museos, parques y bibliotecas. Es una ciudad, pero la vida es tranquila», le explico.

Dave es muy curioso. Hablamos mucho. Yo le pregunto de San Antonio también.

«Dave, es mi primera vez en San Antonio. Voy a estar sólo por un día. ¿Qué me recomiendas visitar?»

«Oscar, necesitas visitar El Alamo. Es lindo y tiene mucha historia».

«Muy bien. Gracias. Ahora voy a descansar un poco», le digo.

«Está bien. Yo también».

Después de un viaje de más de diez horas, llegamos a San Antonio.

«Gracias por la conversación, Oscar».

«Gracias a ti, Dave», le digo. «Cuídate[10]».

Voy a comprar la camioneta hasta el próximo día por la tarde, entonces, primero voy a un hotel por la noche.

---

[10] take care

Capítulo 6
Michelle

En la camioneta de FedEx el aire acondicionado está fuerte. Hace mucho calor en el mes de agosto en Nuevo México y Texas. Tengo botellas de agua y fruta para el viaje. Voy a manejar a Fort Stockton, Texas primero. Allí voy a usar el baño y descansar un poco en Pepito's Café. Es un restaurante casual. Tiene comida mexicana buenísima.

Pero, necesito manejar cuatro horas primero. Escucho música. Me gusta la música country, especialmente la música de Tim McGraw. Él canta la canción "Humble and Kind" en español. La canción en español se llama, "Nunca Te Olvides de Amar." Es muy bonita.

El viaje a San Antonio es muy largo, sí, pero es normal. En Nuevo México y Texas, los viajes de cinco o más horas en carro son normales. En la Ruta 10, después del tráfico de El Paso, paso por muchos pueblos muy pequeños: Socorro, Fort Hancock, Sierra Blanca y Van

18

Horn. Unos pueblos tienen nombres en español porque antes esta área de los Estados Unidos era parte de México.

México. El país de mi Marcos y de mis hijas, Deisy y Laura. No, no son mis hijas biológicas, pero son mis hijas. Ellas necesitan estar con nosotros aquí en Estados Unidos. La madre de Marcos también. Ella es vieja y cuidar a dos adolescentes en la casa es mucho trabajo.

Estos pueblos en la Ruta 10 son similares a Ascensión, donde vive la familia de Marcos. Es un pueblo cerca de la frontera de Los Estados Unidos en el estado de Chihuahua. Está cerca en carro, pero en realidad está muy lejos. Necesitamos tramitar los documentos oficiales para poder traerlos a vivir con nosotros. Marcos y yo siempre hablamos de eso.

«Deisy, Laura y tu mamá necesitan vivir con nosotros en Estados Unidos, Marcos», yo le digo.

«Sí, Michelle. Estoy de acuerdo. Necesitamos un abogado», me dice Marcos.

«Está bien. Llamemos a un abogado», le digo.

«No es posible, Michelle. Cuesta mucho dinero».

Es un problema. Tramitar los documentos es un problema y el dinero es otro problema.

Capítulo 7
Oscar

Es el día que voy a comprar la camioneta.
Llamo al hermano de Charlie.

«Hola. ¿Wally? Soy Oscar», le digo.

«Hola, Oscar. ¿Vas a comprar la camioneta?»

«Sí. Esta tarde a las cinco. ¿Está bien?»

«Claro. Te espero en la casa».

«Bien. Gracias, Wally».

Tengo todo el día. Voy a El Alamo, pero primero camino por el Paseo del Río. Es una parte popular de la ciudad, especialmente para los turistas. Es un parque que tiene tiendas, restaurantes, arte y mucho más. Está a lo largo del Río San Antonio. No hay carros allí. Me gusta el Paseo del Río y es muy bonito, pero también quiero ir a El Alamo.

Camino hacia la entrada. Tengo mi mochila roja porque no voy a regresar al hotel. Necesito cuidar mi mochila porque tiene mi cartera. Y en mi cartera está el dinero y mi

21

tarjeta de residencia. Los dos son muy importantes.

Me gusta esta parte de San Antonio. Hay estructuras nuevas, como en el Paseo del Río, y hay estructuras viejas como El Alamo.

El Alamo es un museo. Aprendo mucho sobre la batalla, la independencia y la historia de Texas. Es interesante. Después de pasar unas horas allí, compro una botella de agua.

Estoy en una banca afuera tomando el agua cuando veo a unas muchachas. Ellas son muy bonitas. Tienen pelo largo y negro y ojos verdes. ¿Son hermanas?

Una de ellas me dice. «Hola. ¿Dónde compraste el agua?»

«Hola. La compré en la tienda», le digo.

«Gracias».

Las dos entran en la tienda y regresan con botellas de agua, para ellas y una para mí.

Una de las muchachas me da una. «Toma», me dice. «Hace calor».

«Gracias», le digo. «Es verdad. ¿Son ustedes de aquí? ¿Siempre hace calor?», le pregunto.

«Sí. Somos de San Antonio originalmente. Me llamo Sandra y ella es mi hermana, Isabel».

«Encantado. Me llamo Oscar. No soy de San Antonio, obviamente», les digo, sonriendo.

Después de hablar un momento, Sandra me pregunta, «¿Tienes planes esta tarde? ¿Quieres pasear con nosotras?»

«Tengo una cita a las cinco...».

Tomo mi mochila para sacar mi teléfono para ver la hora. «...pero tengo tiempo. ¿Adónde vamos?»

«Al restaurante de nuestra familia. Te invitamos. Es buenísimo. ¡Vamos!»

Estoy emocionado de ir al restaurante con mis nuevas amigas bonitas. Estoy tan emocionado que no pienso en la mochila. La dejo en la banca.

23

Capítulo 8
Michelle

After eating something 3 resting in
Después de comer algo y descansar en
I drive 4 hours more to
Pepito's Café, manejo cuatro horas más para
arrive to
llegar a San Antonio.

I think more in *The town is*
Pienso más en Ascensión. El pueblo es
Small It's Style spanish has a
pequeño. Es estilo colonial español, tiene una
town square Pretty a church 3
plaza central bonito, una iglesia y unos
restaurants It's not big It's in the
restaurantes. No es grande. Está en el
dessert & it's hot There are not much that to do
desierto y hace calor. No hay mucho que hacer
in There are more opportunities in
en Ascensión. Hay más oportunidades en Las
for my daughters but without money the
Cruces para mis hijas. Pero, sin dinero, las
girls do not have those opportunities
chicas no tienen esas oportunidades.
We need to look for a lawyer
Necesitamos buscar un abogado.

I arrive before the rush hour to I take
Llego antes de la hora pico a El Alamo. Tomo
the packages important 3 I go direct to the
los paquetes importantes y voy directo a la
office It's not my first time here Before
oficina. No es mi primera vez aquí. Antes de
arriving at the door I see a backpack red behind
llegar a la puerta, veo una mochila roja detrás
of a bench I take to carry to the office
de una banca. La tomo para llevar a la oficina
also But first look at inside
también. Pero primero miro adentro.

Capítulo 9
Oscar

Sandra, Isabel y yo caminamos al restaurante. Hablamos de San Antonio, de nuestras familias y del clima. De repente, yo digo «¡Ay! ¡Mi mochila! ¡No la tengo!»

No tengo mi mochila. En mi mochila está el dinero, mi licencia y mi tarjeta de residencia. ¡Ay dios!

«Necesito regresar. La mochila es muy importante», les digo a mis nuevas amigas.

«Está bien, Oscar», dice Sandra. «No te preocupes. Vamos».

Las dos muchachas son muy simpáticas. Ellas me dicen, «no te preocupes» muchas veces. No estoy tranquilo. Es un desastre. Necesito el dinero, claro, pero mi identificación es mucho más importante.

Llegamos a El Alamo y vamos a la banca donde dejé mi mochila. No está.

¡Qué pánico!

«Vamos a la oficina y reportemos el problema», dice Isabel.

«Sí», dice Sandra. «Vamos».

*****

«Buenas tardes, señor. Dejé mi mochila hace veinte minutos en una banca. ¿La tienen ustedes?»

«No. Lo siento, señor. No hay mochila aquí. ¿Puedes describirla?», me pregunta.

«Claro. Es una mochila roja. Vieja. Adentro hay dos camisetas, calzoncillos y medias. Y también, mi cartera. La cartera es lo más importante. Tiene dinero y mi identificación».

El señor escribe todo en un papel. «Bueno, Sr. Rodríguez. Vamos a llamarlo si alguien la devuelve».

«Gracias. Muchas gracias», le digo.

*****

Estoy muy preocupado y triste. Sandra e
Isabel son muy simpáticas.

«No te preocupes, Oscar. Está bien.
Vamos a comer a nuestro restaurante», dice
Isabel.

«Sí. Podemos llamar a nuestro tío también.
Él es policía», dice Sandra. «Él te puede
ayudar».

Caminamos tres cuadras a un restaurante
mexicano. En el restaurante hablamos con
muchas personas, comemos mucha comida
como tamales de maíz, chorizo, chilaquiles y
más. Después, Sandra llama a su tío.

«Oscar, llamé a mi tío. Va a ayudarte», dice
Sandra.

«Gracias, Sandra. Necesito contactar al
hombre de la camioneta. No puedo comprarla
porque no tengo dinero», le digo.

Salgo del restaurante y con mi teléfono
llamo a Wally.

«Hola, Wally?»

«Soy Oscar. Tengo un problema».

Le digo todo a Wally y él me dice «Es un problema grande. Está bien. Llámame cuando encuentres la mochila».

«Está bien. Gracias, Wally.»

Entro en el restaurante otra vez. Estoy muy preocupado.

Capítulo 10
Michelle

I am in my truck from   *I have the*

Estoy en mi camioneta de FedEx. Tengo la

backpack   I need to take it to the office at

mochila. Necesito llevarla a la oficina a El

but I am tired   I decide to stay

Alamo, pero estoy cansada. Decido quedarme

in a   to spend the night before of

en un hotel para pasar la noche antes de

return to   I need to walk by the

regresar a Las Cruces. Necesito pasar por la

office another time tomorrow There's a package

oficina otra vez mañana. Hay un paquete para

to take to   I'm going to take the backpack

llevar a Fort Stockton. Voy a llevar la mochila

also

también.

By end I open the backpack In the bag there are

Por fin abro la mochila. En la mochila hay

2 T-shirts   underwears   socks   a

dos camisetas, calzoncillos y medias y una

wallet In the wallet there are a license of

cartera. En la cartera hay una licencia de

driving   a card of residence & money

manejar, una tarjeta de residencia y dinero.

A lot of money

Mucho dinero.

count the money   It's a lot of money

Cuento el dinero: $1200. Es mucho dinero.

money that we need   by I   I think

Dinero que necesitamos Marcos y yo. Pienso

on the money that we need for the lawyer

en el dinero que necesitamos para el abogado.

But Also I think on the card of

Pero, también pienso en la tarjeta de

residence   that lives

residencia. Oscar Gerardo Rodríguez que vive

in   Not a United States man

en Dodge City, Kansas. No es estadounidense.

He's immigrant   equal that my   But

Es inmigrante. Igual que mi Marcos. Pero,

Marcos y yo necesitamos el dinero.

¿Qué hago?

Pienso mucho mientras manejo al hotel. El hotel está un poco lejos de El Alamo y es hora pico y hay mucho tráfico. Estoy preocupada. Marcos y yo necesitamos el dinero, pero pienso en Oscar Gerardo Rodríguez. Él tiene que estar preocupado también. Voy a llamar a Marcos cuando esté en el hotel.

*****

Marcos ha vivido en los Estados Unidos por nueve años. Su familia es de México, pero tiene otra familia en Nuevo México también. Antes, la parte suroeste de los Estados Unidos fue parte de México. Con la Guerra Mexicana-Estadounidense, los dos países firmaron un tratado y los Estados Unidos recibió una gran parte del territorio. Marcos tiene familia en México y los Estados Unidos debido a la guerra y la nueva frontera entre los dos países. Increíble. Y su familia todavía está separada.

Marcos ya tiene sus documentos legales para vivir en los Estados Unidos. Ahora necesitamos documentos para sus hijas y para su mamá. Es un proceso legal muy difícil y largo. Por eso necesitamos el dinero para el abogado.

*****

A las siete de la noche, llamo a Marcos.

«Hola, mi amor. ¿Cómo estás?»

«Estoy bien, Michelle. ¿Y tu día?», me pregunta.

«Interesante. Tengo mil doscientos dólares en una mochila».

«¿Qué? ¿Cómo?», pregunta Marcos.

Le digo a mi esposo sobre la mochila, el dinero y la tarjeta de residencia. Pero estoy cansada y no hablamos por mucho tiempo.

Capítulo 11
Oscar

Son las nueve de la noche y todavía estamos en el restaurante. Hablamos mucho y seguimos comiendo. Todavía estoy preocupado. Pero estoy más tranquilo cuando hablo con el tío de las muchachas.

«Oscar», me dice, «tienes un problema, ¿no?»

«Sí, señor. Perdí mi mochila. En la mochila hay dinero y mi tarjeta de residencia», le digo.

«Un problema, sí. Mañana voy a ir a la oficina a El Alamo. Voy a hacer una investigación».

«Muchas gracias, señor. Necesito el dinero para comprar una camioneta para mi compañía».

«¿Qué compañía?», me pregunta el tío.

«Mis primos y yo tenemos una compañía. Pintamos casas en Kansas».

«¿En Kansas? ¿Dónde? Sandra va a vivir en Kansas», dice el tío.

«Vivimos en Dodge City», le digo.

«¡Oh! Sandra va a trabajar en una escuela allí en agosto».

¿Sandra? ¿La muchacha muy simpática y bonita? ¿Va a trabajar en Dodge City en unos meses? ¡No es posible! Pero no digo nada. «Qué interesante», le digo al tío.

Me gusta Sandra. Es una muchacha muy simpática. Es cómica también. Hablamos mucho durante la cena.

«Esta comida es del sur de México. Es picante. ¿Te gusta?», me pregunta Sandra.

«Sí. Es excelente. Me gusta mucho. Tú no comes mucho. ¿No te gusta?», le pregunto.

«Me gusta toda la comida mexicana, pero no me gustan los chiles».

«Pero ¡los chiles son deliciosos!», le digo con una sonrisa.

«No para mí. Mi familia dice que soy "mala mexicana" por eso. ¡Ja ja!».

«No es verdad, Sandra. Eres buena mexicana. Vas a trabajar en Dodge City, ¿no?»

«¡Sí! Voy a ser maestra en una escuela

primaria», me dice.

«Yo también vivo y trabajo en Dodge City».

«¿En serio? ¡Increíble!»

Sandra y yo pasamos la noche hablando.
Casi no pienso en mi problema.

De repente, mi teléfono suena.

«Hola ¿Oscar?»

«Sí, soy yo», le digo.

«Me llamo Michelle. Tengo la mochila».

No me dice nada más porque mi teléfono no
funciona.

¡Ay, ay, ay!

Capítulo 12
Michelle

En un minuto hablo con Oscar, y de repente,
nada. ¿Qué pasó? Llamo otra vez. Oscar no
contesta.

Llamo dos veces más y nada. Voy a llamar
otra vez mañana.

Miro la televisión en el hotel y pienso en mi
familia. Marcos y yo tenemos el nombre de un
abogado. Él nos ayudará cuando tengamos los
mil dólares.

Miro la mochila. Pues, ahora tengo el
dinero. Pero no es mi dinero.

Capítulo 13
Oscar

Encontramos un cargador para cargar mi teléfono celular. Lo cargo, pero es muy tarde. Decido llamar a Michelle por la mañana.

*****

A las siete y media de la mañana, yo llamo a Michelle.

«Hola, ¿Michelle?»

«Sí. Soy Michelle», me dice.

«Soy Oscar. ¿Usted tiene mi mochila?»

«Sí».

«¡Qué suerte! ¡Gracias! ¿Dónde está usted?»

«Estoy en un hotel. Pero necesito ir a la oficina de El Alamo hoy», me dice.

Yo hablo rápido. «Voy a la oficina a la hora que me diga usted».

«Está bien, Oscar. Voy a la oficina a las nueve», me dice.

«Excelente. Y, muchas gracias, Michelle».

Estoy muy emocionado. Llamo

36

inmediatamente a Wally.

«¿Señor Wally? Soy Oscar. Encontré la mochila y el dinero».

Capítulo 14
Michelle

Hablo con Marcos otra vez esta mañana.

«Michelle, no es nuestro dinero. Sí, lo necesitamos, pero no es buena idea».

«Sí, Marcos. Es verdad. Pero, ¿cómo vamos a juntar el dinero?»

«No te preocupes, Michelle. Lo vamos a juntar de alguna manera».

Salgo del hotel y manejo a El Alamo. Quiero agarrar el dinero, pero no quiero robarle a otra persona. Quiero vivir con mis hijas y mi suegra, pero no quiero robar el dinero.

Llego a El Alamo. Miro a Oscar. Es igual que la foto de la tarjeta de residencia, pero hoy tiene una sonrisa enorme. Está con otras personas, dos muchachas y un policía. ¿Hay un problema?

«Hola, Oscar», le digo. «Soy Michelle».

Oscar me mira y mira la mochila. Está muy feliz.

«Mucho gusto, Michelle. Y muchas gracias».

«Aquí está la mochila. Tiene todo: la ropa, el dinero, la licencia y su tarjeta de residencia. Y el cargador para el teléfono».

«¡El cargador! ¡Ja ja!», dice Oscar.

No comprendo, pero todavía estoy preocupada por el policía.

«¿Y el policía?», le pregunto un poco nerviosa.

«Oh, no se preocupe. Es el tío de mis amigas. Me ayudó con el problema.»

«¡Oh! ¡Excelente!»

Oscar saca la cartera y cuenta el dinero. Toma una parte del dinero y me lo ofrece.

«Michelle, es para usted. Por ser honesta».

«¡Wow! Gracias, pero no puedo...», dice Michelle.

«Por favor. Esos documentos son más

importantes que el dinero», le digo.

Sandra está feliz también, pero me pregunta, «Oscar, ¿no necesitas el dinero para comprar la camioneta?»

«Ahora, no. Hablé con Wally, el hermano de mi amigo, Charlie, esta mañana. Wally quiere regalarme la camioneta».

«¡Wow, Oscar! ¡Qué suerte!», dice Sandra.

«Sí. Esta experiencia es increíble. Hay personas muy buenas en el mundo».

Le digo a todos, «¡Es increíble! Mi esposo y yo necesitamos este dinero para pagar un abogado. Sus hijas todavía viven en México con la abuela. Ahora podemos pensar en un futuro nuevo. Gracias, Oscar».

«Gracias a ti, Michelle», me dice.

«Con permiso. Necesito llamar a mi esposo», yo les digo.

Capítulo 15
Oscar

Estoy muy feliz. MUY feliz. Tengo mi
mochila con el dinero y mi identificación, y
Wally me regaló la camioneta. También conocí
amigos nuevos aquí en San Antonio.

«Oscar, ¿cuándo tienes que regresar a
Dodge City?», me pregunta Sandra. «¿Puedes
pasar otro día con nosotros?»

«Voy a recoger la camioneta esta tarde,
pero sí, puedo pasar otro día aquí», le digo.

«Bien», me dice con una sonrisa. «Hay
otras misiones para visitar, si quieres. Te gusta
la historia, ¿no?»

«Sí, me gusta».

Y me gustas tú también, Sandra. Pero no le
digo. Todavía.

GLOSARIO

A

a - to, at
abogado - lawyer
abro - I open
abuela - grandmother
acción - action
acuerdo - agreement
adentro - inside
adolescentes -
  adolescents
adónde - where
afuera - oiutside
agarrar - to grab
agosto - August
agua - water
ahora - now
aire acondicionado - air
  conditioning
al = a+ el - to the
(El) Alamo - founded as
  a Roman Catholic
  mission; site of the
  battle of the Alamo
algo - something
alguien - someone
alguna - some
allí - there
alquiler - rent
alta/o(s) - tall
amar - to love
amiga/o(s) - friend(s)
amor - love

antes - before
aprendo - I learn
aquí - here
arte - art
área - area
audiolibros -
  audiobooks
autobuses - buses
autobús - bus
ayudar - to help
ayudarte - to help you
ayudará - s/he, it will
  help
ayudó - s/he helped
años - years

B

baja/o(s) - short
banca - bench
batalla - battle
baño - bathroom
beso - kiss
biblioteca(s) -
  library(ies)
bicicleta - bicycle
bien - well
biológicas - biological
blanca - white
bonita/o(s) - pretty
botella(s) - bottle(s)
buen/a/o(s) - good

buenísima/o - very
good
buscar - to look for
busco - I look for

C
café(s) - coffee(s)
calor - heat
calzoncillos -
underwear
caminamos - we walk
camino - I walk
camioneta - truck
camisetas - T-shirts
canción - song
cansada - tired
canta - s/he sings
capilla - chapel
cargador - charger
cargar - to charge
cargo - I charge
carne - meat
carro(s) - car(s)
cartas - letters
cartera - wallet
casa(s) - house(s)
casi - almost
castaño - brown
casual - casual
celular - cellular
cena - dinner
central - central
cepillo - brush
cerca - close

chicas - girls
Chihuahua - a state in
the northwestern
region of Mexico
chilaquiles - a
traditional Mexican
dish
chiles - spicy peppers
chorizo - sausage
ciclismo - cycling
cinco - five
cincuenta - fifty
cita - date,
appointment
ciudad - city
claro - of course, clear
clima - weather,
climate
cocinar - to cook
Colombia - country in
the northern tip of
South America
colonial - colonial
comemos - we eat
comer - to eat
comes - you eat
comida - food
comiendo - eating
como - like, as
compañía - company
comprar - to buy
comprarla - to buy it
compraste - you bought

cómprendo - I understand

compro - I buy

compré - I bought

con - with

conocí - I met

contactar - to contact

contentos - happy, glad

contesta - s/he answers

contigo - with you

contratos - contracts

conversación - conversation

(Las) Cruces - city in New Mexico on the edge of the Chihuahuan Desert

cuadras - city blocks

cuando - when

cuarenta - forty

cuatro - four

cuenta - s/he tells

cuento - story

cuesta - it costs

cuidar - to care for

curioso - curious

cuándo - when

cuánto - how much, many

cuídate - take care of yourself

cómica - funny

cómo - how

D

da - s/he, it gives

de - of, from

debido - due

decido - I decide

dejo - I leave (behind)

dejé - I left (behind)

del = de + el - from the

deliciosos - delicious

deportes - sports

desastre - disaster

descansamos - we rest

descansar - to rest

describirla - to discover it

desierto - desert

después - after

detrás - behind

devuelve - s/he, it returns

dice - s/he says

dicen - they say

dientes - teeth

diez - ten

diferentes - different

difícil - difficult

diga - I, s/he say/s

digo - I say

dinero - money

dios - god

directo - direct

documentos - documents

domingos - Sundays

donde - where
dormitorios - bedrooms
dos - two
doscientos - two hundred
doy - I give
dueño - owner
durante - during
día(s) - day(s)
dólares - dollars
dónde - where

E
e - and
económicas - economic
el - the
él - he
ella - she
ellas/os - they
emocionado - exciting
empaque - packing
en - in, on
encantado - nice to meet you
(me) encargo - I am in charge of
encontramos - we find
encontré - I found
encuentres - you find
enorme - huge
entonces - then
entrada - entrance
entran - they enter
entre - between

entro - I enter
era - I, s/he was
eres - you are
es - s/he, it is
esa - that
esas - those
escribe - s/he writes
escuchar - to listen to
escucho - I listen to
escuela(s) - school(s)
eso - that
esos - those
español - Spanish
especiales - special
especialmente especially
espero - I wait for
esposo - husband
esta - this
estación - station
estado(s) - state(s)
   Estados Unidos - United States
estadounidense - United Statesian
estamos - we are
estar - to be
este - this
estilo - style
estos - these
estoy - I am
estructuras - structures
estudiar - to study
está - s/he, it is

están - they are
estás - you are
esté - is
excelente - excellent
excepto - except
experiencia -
    experience
explico - I explain

F

familia - family
familias - families
farmacias - pharmacies
favor - favor
    por favor - please
FedEx - delivery
    services company
feliz - happy
festival(es) - festival(s)
fin - end
finalmente - finally
firmaron - they signed
foto - photo
frontera - border
fruta - fruit
frío - cold
fue - s/he,it was
fuerte - strong
funciona - it functions
futuro - future
fútbol - soccer

G

garaje - garage

gimnasio - gym
gordo - fat
gracias - thank you
gran - great
grande - big
gris - gray
guerra - war
gusta - it is pleasing
gustan - they are
    pleasing
gustaría - it would be
    pleasing
gustas - you are
    pleasing to
(mucho) gusto - nice to
    meet you

H

ha - has
    ha vivido - has lived
habla - s/he speaks
hablamos - we speak
hablando - speaking
hablar - to speak
hablarle - to speak to
    him/her
hablo - I speak
hablé - I spoke
hace - s/he, it makes,
    does
hacer - to do, make
hacia - toward
hago - I do, make
hasta - until

hay - there is, there are
hermana(s) - sister(s)
hermano(s) - brother(s), siblings
hice - I did, make
hija(s) - daughter(s)
hijos - son(s), children
historia - history
hola - hello, hi
hombre - man
honesta - honest
hora(s) - hour(s)
hotel - hotel
hoy - today
hubo - there was, were

I

idea - idea
identificación - identification
iglesia - church
igual - equal
importante(s) - important
increíble - incredible
independencia - independence
industria - industry
inmediatamente - immediately
inmigrante - immigrant
interesante - interesting

investigación - investigation
invitamos - we invite
ir - to go

J

jefe - boss
joven - young
juego - I play
jueves - Thursday
juntar - to collect

K

Kansas - state in the Midwest U.S.A.

L

la - the
lado - side
largo - long
las - the
le - to him, her
legal(es) - legal
lejos - far
les - to them
libro - book
licencia - license
linda/o - nice
listo - ready
llama - s/he calls
llaman - they call
llamar - to call
llamarlo - to call him

llamemos - we call
llamo - I call
llamé - I called
llegamos - we arrive
llegar - to arrive
llego - I arrive
lleva - s/he wears
llevar - to carry, take, to wear
llevarla - to take it
llevo - I carry, take
llámame - call me
lo - it
los - the, them
lugar(es) - place(s)

M

madre - mother
maestra - teacher
mala - bad
mamá - mother
manejar - to drive
manejo - I drive
manera - way
martes - Tuesday
materiales - materials
matrimonio - marriage
mayor - older
maíz - corn
mañana(s) - morning(s)
mañana - tomorrow
me - me

Medellín - capital of the Antioquia province in Colombia
media - half
medias - socks
menor - younger
menos - less
mes(es) - month(s)
mexicana/o - Mexican
mi(s) - my
mientras - while
mil - a thousand
militar - military
minuto(s) - minute(s)
mira - s/he watches, looks at
miro - I watch, look at
misiones - missions
misión - mission
misma - same
mochila - backpack
moderna - modern
momento - moment
mucha/o(s) - many, much
muchacha(s) - adolescent girl(s)
muchacho - adolescent boy
mundo - world
museo(s) - museum(s)
muy - very
más - more
mí - me

música - music

N
nacional - national
nada - nothing
necesitamos - we need
necesitan - they need
necesitas - you need
necesito - I need
negro - black
nerviosa - nervous
Nevada - state in the
    western U.S.A
noche - night
nombre(s) - name(s)
normal(es) - normal
nos - us
nosotras/os - we
nuestra/o(s) - our
nueva(s) - new
nueve - nine
nuevo(s) - new
    Nuevo México - New
    Mexico (state in
    southwest U.S.A.
nunca – never

O
o - o
obviamente - obviously
ocho - eight
oficiales - official
oficina - office
ofrece - s/he offers

ojos - eyes
olvides - you forget
once - eleven
oportunidades -
    opportunities
originalmente -
    originally
otra/o(s) - other

P
padre - father
padres - parents
pagar - to pay
papel - paper
papi - dad
paquete(s) - packages
para - for
parque(s) - park(s)
parte(s) - part(s)
pasamos - we spend
pasar - to spend
pasear - to take a walk,
    ride, drive
paseo - I take a walk,
    ride, drive
paso - I pass, spend
    time
pasó - s/he passed,
    spent time
país(es) - country(ies)
pelo - hair
pensar - to think
pequeña/o(s) - small
perdí - I lost

permanente - permanent

permiso - permission

pero - but

persona - person

personas - people

picante - spicy

pico - peak

   hora de pico - rush hour

pienso - I think

pinta - s/he paints

pintamos - we paint

pintar - to paint

pinto - I paint

plan(es) - plan(s)

plaza - town square

poco - a litte

podemos - we can, are able

poder - to be able

policía - police

popular(es) - popular

por - for

porque - because

posible - possible

practicar - to practice

precio - price

pregunta - s/he asks

pregunto - I ask

preocupada/o - worried

preocupe - s/he worries

preocupes - you worry

preparamos - we prepare

primaria - elementary

primer/a/o - first

primo(s) - cousin(s)

principal - principal, main

problema - problem

proceso - process

pronto - soon

próximo - next

pueblitos - little towns

pueblo(s) - town(s)

puede - s/he can, is able

puedes - you can, are able

puedo - I can, am able

puerta - door

pues - then

pánico - panic

Q

que - that

quedarme - to stay

queremos - we want

querían - they wanted

quiere - s/he wants

quieren - they want

quieres - you want

quiero - I want

quince - fifteen

qué - what

R

realidad - reality
recibió - s/he received
recoger - to pick up
recomiendas - you recommend
regalarme - to give to him (as a gift)
regaló - s/he gave (as a gift)
regresamos - we return
regresan - they return
regresar - to return
regrese - I, s/he returns
Reno - city in the state of Nevada
(de) repente - suddenly
reportemos - we report
residencia - residence
residente - resident
restaurant(s) - restaurant(s)
robar - to rob, steal
robarle - to steal from him/her
roja - red
ropa - clothes
rubio - blond
ruta - route
rápido - rapid, fast
río - river

S

saca - s/he takes out

sacar - to take out
salgo - I leave, go out
salimos - we leave, go out
seguimos - we continue
seis - six
semana - week
separada - separated
ser - to be
serio - serious
señor - mister, sir
si - if
siempre - always
(me) siento - I sit
     lo siento - I'm sorry
siete - seven
similares - similar
simpática(s) - nice
sin - without
sirve - s/he, it serves
situación - situation
sobre - about
solo - alone
somos - we are
son - they are
sonriendo - smiling
sonrisa - smile
soy - I am
Sr.- abbreviation for 'señor'
su(s) - his, her, their
suegra - mother in-law
suena - it sounds
suerte - luck

supermercados - supermarkets
sur - south
suroeste - southeast
sábado - Saturday
sí - yes
sólo - only

T

tamales - A tamale is a typical Mesoamerican dish made of *masa* or dough, which I steamed in a corn husk
también - also
tampoco - either
tan - so
tarde - late
tarde(s) - afternoon(s)
tarjeta - card
Tejanos - Texans
televisión - television
teléfono - telephone
templado - temperate
temenos - we fear
tener - to have
tengamos - we have
tengo - I have
territorio - territory
Texas - state in southern U.S.A.
ti - you
tiempo - time

tienda(s) - store(s)
tiene - s/he has
tienen - they have
tienes - you have
toda/o(s) - all
todavía - still, yet
toma - s/he, it takes
tomando - taking
tomar - to take
tomo - I take
trabaja - s/he works
trabajamos - we work
trabajan - they work
trabajar - to work
trabajo - I work
traerlos - to bring them
tramitar - to process
tranquila/o - calm
tratado - treated
trece - thirteen
treinta - thirty
tres - three
triste - sad
tráfico - traffic
tu - your
turistas - tourists
tío - uncle
tú - you

U

un/a - a, an
unas/os - some
unidos - united
Estados Unidos -

United States
uniforme - uniform
universidades -
universities
usa - s/he, it uses
usar - to use
usted - you formal
ustedes - you plural

V

va - s/he goes
vamos - we go
van - they go
vas - you go
veces - times, instances
veinte - twenty
vende - s/he sells
venderla - to sell it
vendiendo - selling
veo - I see
ver - to see
veranos - summers

verdad - true, truth
verdes - green
vez - time, instance
viaje(s) - trip(s)
viajé - I traveled
vida - life
vieja(s) - old
visitamos - we visit
visitan - they visit
visitar - to visit
vive - s/he lives
viven - they live
vivido - lived
vivimos - we live
vivir - to live
vivo - I live
voy - I go

Y

y - and
ya - already
yo - I

ABOUT THE AUTHOR

Jennifer Degenhardt taught high school Spanish for over 20 years. She realized her own students, many of whom had learning challenges, acquired language best through stories, so she began to write ones that she thought would appeal to them. She has been writing ever since.

Please check out the other titles by Jen Degenhardt available on Amazon:

La chica nueva | The New Girl
La chica nueva (the ancillary/workbook volume, Kindle book, audiobook)
El jersey (print & audiobook) | The Jersey | *Le Maillot*
El viaje difícil
La niñera
Los tres amigos | Three Friends
María María: un cuento de un huracán | María María: A Story of a Storm | Maria Maria: une histoire d'un orage
Debido a la tormenta
La lucha de la vida
Secretos (also available via Voces Digital® as part of the level 4 curriculum)

Follow Jen Degenhardt on Facebook, Instagram @jendegenhardt9, and Twitter @JenniferDegenh1 or visit the website, www.puenteslanguage.com to sign up to receive information on new releases and other events.

61047475R00040

Made in the USA
Middletown, DE
18 August 2019